ALCIPPE
OV
DV CHOIX DES GALANDS.

Dedié à Mademoiselle Marie de Mancini.

par le Sr de Somaize.

A PARIS,
Chez IEAN RIBOV, sur le Quay des Augustins, à l'Image S. Louis.

M. DC. LXI.
AVEC PRIVILEGE DV ROY.

A MADEMOISELLE DE MANCINI.

ADEMOISELLE,

BIEN que par l'eeuenement lon puisse iuger des choses, ie ne laisse pas d'auoüer que ie ne dois qu'à vostre bonté l'heureux suc-

cés des premiers hommages que ie vous ay rendus, & qu'vne personne moins genereuse que vous n'auroit pas receu d'vn air si obligeant, les marques d'vn respect qui tout sincere & tout extreme qu'il est, n'auoit pourtant rien que ie crûsse proportionné à ce merite & à toutes ces hautes qualitez qui vous rendent considerable. Mais puisque c'est vn effect de cette grandeur d'ame qui esclate esgalement sur vostre visage & dans toutes vos actions, ouffrez, MADEMOISELLE, que ie joüise vne seconde fois de cette generosité qui vous est si naturelle, et que ie vous presente vn Liure où il s'agit d'vnchoix dont vous pouuez dautant mieux decider que dans le rang où vous estes, tous les choix sont au dessous de vous, & que vous voyez toutes choses auec esgallité, & n'estes sensible ny interessée que pour vostre gloire; il est vray que quelques grands & quelques chers que ces interests vous soient *vostre vertu & tout ce que vous estes, ont suffisament de quoy les satisfaire. Aussi ne presumay-je pas, que ie pusse iamais ny rien faire pour elle, ny luy rendre plainement ce qui luy est deub, & ce que vostre presence, & vostre nom, exigent de tous ceux qui ont le bon-heur de vous voir, ou d'entendre parler de vous. Que si ie prens auec empressement l'occasion de publier, que vous estes la personne la plus accomplie de nostre siecle; c'est que l'auãtage de dire des veritez, qui vous prouuent mon respect, est pour moy le plus grand bien que ie puisse desirer. Mais enfin,* MADEMOISELLE, *puis que ie suis à vous, & que le deuoir & l'inclination, m'y attachent indispensablement, il n'est plus temps de vous cacher mes desseins. Ie vous considere comme l'idée la plus parfaite que l'on puisse former d'vne Heroine, & ie pretens tracer vne si belle image de tout ce qui vous rend la plus estimable fille de l'Europe, que l'aduenir à sa veuë admirera (bien que sous des trais imparfaits) ce qui fait tous les iours l'admiration de tout le monde. Ie sçay bien que cette entreprise est bien haute ; mais rien ne me paroistra impossible, si vous m'en auoüez, & si vous souffrez que ie continuë de me dire auec respect,*

MADEMOISELLE,

Vostre tres-humble & tres-obeïssant seruiteur.

SOMAIZE.

AV LECTEVR.

I'Ay crû estre obligé en te donnant vn liure du choix des Galands, de t'auertir que tu en verras bien-tost vn autre du choix des Maistresses. Ce n'est pas vne si petite affaire qu'on pourroit bien s'imaginer, & s'il est aduantageux aux Dames, de faire vne iuste eslection, quand il s'agit de prendre vn galand, il n'est pas moins necessaire aux galand, de sçauoir choisir vne Maistresse; puisque les passions ne sont belles, ou laides, que suiuant les obiets qui les font naistre, & que rarement vne femme parfaite, causera vne passion condamnable. Ie te promets encore, que si ie ne me trompe, tu verras dans ce liure, que souuent l'amour n'est pas causé par ce que lon s'imagine.

EXTRAICT DV Priuilege du Roy.

PAR Grace & Priuilege du Roy, donné à Paris le douziesme Ianuier mil six cens soixante vn signé par le Roy en son Conseil RENOVARD, il est permis à ANTOINE BAVDEAV sieur DE SOMAIZE, de faire imprimer vn liure intitulé *Alcippe ou du Choix des Galands en Dialogue*, pendant le temps de cinq années; faisant cependant inhibitions & deffences à tous Imprimeurs & Libraires & autres personnes que ce soit, de l'imprimer, vendre ny debiter d'autres Editions que de celle de l'exposant, à peine de quinze cents liures d'amande, de tous despens, dommages & interests, comme il est porté plus emplement par lesdites lettres.

Ledit sieur de Somaize a cedé & transporté son Priuilege à Iean Ribou Marchand Libraire à Paris, selon l'accord fait entr'eux.

Comme aussi Registré sur le Liure de la Communauté, suiuant l'Arrest du Parlement.

ALCIPPE OV DV CHOIX DES GALANS.

PVISQVE vous auez ſçeu le ſuiet de la conuerſation où ie me trouué dernierement, & où l'on vous ſouhaitta pour des raiſons que vous n'ignorez pas; que c'eſt à moy que l'on donna la commiſſion de vous en rendre conte, & de ſçauoir voſtre iugement ſur vne matiere aussi delicate que celle qui y fut agitée : Permettez-moy charmante Caliste, de vous cacher le party que ie tiens, iusques à tant que i'aye sçeu du quel vous estes; car vous sçauez parfaitement que ie seray tousiours du vostre, & que quelque opinion que i'aye deffenduë; soit que vous fauorisiez, ou la robe, ou l'espée, ou l'homme de Cour, ou l'homme de ville, ie seray en toute rencontre partisan de vos sentiments.

Mais pour vous reciter auec plus de netteté les raisons qui furent dites & pour l'vn, & pour l'autre : il faut vous conter ce qui fit naistre cette dispute. I'estois dans le iardin de Climene ; lors que Cleante, & Belize vinrent luy rendre visite. Cette nouuelle compagnie nous obligea de finir nostre pourmenade,& de nous asseoir,ce qui se fit sans façon, chacun de nous ayant de l'antipathie pour les complimens, & n'estant pas dans vn lieu propre à en faire. D'abord l'on commença la conuersation par les nouuelles, puis l'on passa au recit de quelques vers nouueaux qui furent leüs auec assez d'approbation; en suitte l'on vint à parler de l'amour: ce chapitre plût dauentage à la compagnie que les deux precedents chacun en parla selon son sentiment, & enfin Cleante, ayant parlé quelque temps de ses effects & de son pouuoir, dit à Climene que puis qu'il estoit impossible de s'en deffendre il failloit qu'elle luy auoüa pour qui elle auroit plus de penchant, & qui la toucheroit dauentage d'vn galand de cour, ou d'vn galand de ville, d'vn homme d'espée ou d'vn homme de robe. Elle voulut du commencement se deffendre de respondre, disant qu'elle ne pouuoit se declarer sans blesser l'vn de nous ; mais Belise dont l'humeur est plus emportée dit ingenuement qu'il estoit plus aduantageux à vne belle de ceder à vn homme d'espée qu'à vn homme de Robe, & nous ayant priez de l'escouter; elle commança à peu prés en ces termes. Ie ne fus iamais d'humeur à cacher mes inclinations, ny à taire mes sentiments; mais ie seray tousiours rauie demonstrer pourquoy ie les suis & ie ne croy pas que l'on puisse auoir de motif plus raisonnable que celuy qui m'oblige à dire qu'vn galand de Cour est preferable à vn galand de ville. Ha ! la raison ne sera iamais de vostre party, interrompit Climene & du moins à mes yeux vn homme de robe à bien plus d'appas qu'vn homme d'eſpée & ie ſuis preſte de vous en conuaincre ſi vous voulez m'eſcouter. Si ces meſſieurs veulent eſtre nos Iuges, reſpondit Beliſe, ie ſuis fort aſſurée de vous monſtrer le contraire & peut-eſtre de vous tirer de voſtre erreur.

Cleante ayant dit qu'il ſeroit raui de les eſcouter, moy qui ſçay qu'elles ont de l'eſprit infiniment ie les preſſé de dire leurs ſentiments, ie n'eüs pas de peine à obtenir d'elles ce qu'elles ſouhaittoient auec ardeur, & comme leurs inclinations eſtoient entierement oppoſées, apres nous auoir obligez au ſilence; que nous leurs accordames auec plaiſir (connoiſſant la viuacité de leur eſprit) Beliſe ſuiuit ainſi ce qu'elle auoit commencé.

DIALOGVE DE BELISE ET DE CALISTE.

BELISE.

IE ne ſçay pas pour moy comment Climene peut auoir la penſée de preferer la robe à l'eſpée, la ville à la Cour, & par quel ſentiment elle a plus d'eſtime pour l'vn que pour l'autre.

CLIMENE.

Si vous auiez mes yeux vous auriez mes inclinations & vous verriez que l'vn eſt plus aimable que l'autre.

BELISE.

Vous me persuaderiez plustost qu'vne belle femme est incapable d'amour, que vous ne me prouueriez qu'vn galand de ville fut plus touchant qu'vn courtisan.

CLIMENE.

Tout cela depend des preuues; mais celles qui se presentent pour deffendre la robe sont si conuainquantes, qu'à moins d'estre tout à fait opiniastre, vous serez obligée de leur ceder.

BELISE.

Ie croy pourtant que soit pour la gloire, soit pour le plaisir, il est bien plus aduantageux de voir à ſes pieds vn galand de cour que non pas d'en voir vne douzaine de ville; car enfin ne m'auoüerez-vous pas qu'il y a bien de la difference du procedé de l'vn à celuy de l'autre.

CLIMENE.

Ie l'auoüeray facilement puis que c'eſt par cette difference que ie vous veux deſabuſer.

Climene vouloit continuer en cet endroit; mais voyant qu'elle s'alloit engager à vn prelude fort long, comme c'eſt la couſtume de celles qui par la viuacité de leur eſprit s'emportent aizément & que Beliſe de ſon coſté par de frequentes reparties alloit faire durer la choſe long temps auant que d'entrer en matiere. Ie les interrompis pour demander à Cleante s'il auoit pretendu parler de plus de deux ſortes de perſonnes. Cleante ayant dit que non, & que comme par ces noms d'homme d'eſpée, & d'homme de cour, il n'auoit voulu parler que de ceux qui compoſent la ſuitte de nos Rois, de meſme par la robe & la ville, il n'auoit entendu que ceux qui compoſent le reſte des ſocietez, & qui ſont les gens de iuſtice, de finance, & de robe; car enfin adiouta-t'il, il n'eſt pas deffendu aux derniers, d'aimer les choſes aimables, parce qu'ils portent vn habit qui les diſtingue du reſte des hommes, puis qu'il eſt certain que ſe ſont eux qui ont introduit la belle ciuilité dans le monde. Cleante ayant acheué, Climene reprit la parolle & ſuiuit ainſi ſon dialogue auec Beliſe.

SVITTE DV DIALOGVE DE BELISE ET DE CLIMENE.

CLIMENE.

Puis que ſans y penſer Cleante, uous a mis ſur vne matiere où nos ſentiments ſont ſi differens les vns des autres, & que nos inclinations ſe doiuent iuſtifier par raiſon; il faut que nous voyons de quoy nous auons à parler.

BELISE.

Il n'y a point de doute que noſtre deſſein eſt, à vous, de iuſtifier l'amour que vous auez pour les galands de ville? à moy de iuſtifier celuy que i'ay pour les galands de Cour.

CLIMENE.

Ouy; mais auant de nous engager plus auant, il faut ſçauoir de quelle ſorte d'amour nous voulons traitter.

BELISE.

Il ne faut point trop le chercher puis qu'il n'y en a que de deux ſortes, l'vn qui produit le mariage & que l'on doit nommer l'amour tiran, l'autre que l'on appelle de complaiſance, & que l'on doit nommer l'amour Dieu. Et comme il eſt conſtant que l'on ne peut parler du premier ſans deſtruire tout le ſuiet de noſtre conuerſation pour deux choſes, l'vne parce que l'on retrancheroit aux galands de ville la meilleure partie de ceux qui les composent, qui sont ceux de robe. L'autre, parce que l'amour qui conduit au mariage ne se fait que par des interests de famille & ne despend pour l'ordinaire iamais des femmes, que l'on immole le plus souuent à des soins particuliers de l'esclat des maisons sans attendre leur consentement. ainsi il ne nous reste plus que celuy de complaisance, que ie soutiens ne pouuoir naistre en nous que par le merite d'vn galand de Cour, qui doit tousiours attirer nostre choix.

CLIMENE.

Pour voir si ce que vous auancez est soutenable; il faut premierement que nous voyons quels motifs peuuent faire naistre en nous le desir d'auoir des galands

& en ſuitte que nous examinions qui peut pluſtoſt remplir noſtre attente à l'eſgard des motifs qui nous portent à aimer, ou de l'homme de Cour, ou de celuy de ville. Des motifs i'en reconnois trois. Le motif de la gloire, celuy de l'intereſt, & celuy du plaiſir, qui ſont les ſeules cauſes qui peuuent obliger les femmes à chercher vn amour de complaiſance, ou de galanterie.

BELISE.

Ie vous auoüe que vous auez iuſtement dit les veritables raiſons qui font naiſtre en nous le deſir de nous voir caiollées, & en ſuitte celuy d'aimer. Mais dites-moy, ne les rencontre t'on pas bien plus generalement dans l'homme de Cour que dans celuy de ville?

CLIMENE.

Ce n'eſt pas ma penſée & vous aurez de la difficulté à m'en conuaincre.

BELISE.

Il n'eſt pourtant pas fort malaiſé & pour peu que vous vouliez gouſter mes raiſons, vous trouuerez bien-toſt qu'vn homme d'eſpée promet bien plus qu'vn homme de robe; car ſi vous le conſiderez par le principe de la gloire, ſa conqueſte en donne bien plus à noſtre beauté, que celle d'vn homme de robe, ſi vous le conſiderez par l'intereſt, que ne doit-on pas attendre d'vn grand Seigneur, & d'vn grand amoureux & d'vn grand courtiſan, ſi le plaiſir ſeul vous fait agir, qui peut mieux vous fournir tous les plaiſirs qui peuuent tomber ſous les ſens & meſme dans l'imagination qu'vn Courtiſan, qui naturellement à l'ame grande & delicate, & ainſi qui fait les choſes d'vne plus belle maniere qu'vn homme de ville, & qui par conſequent tant pour la gloire que pour l'intereſt, pour l'intereſt, que pour le plaiſir, luy doit touſiours eſtre preferé, du moins ſi nous en croyons ces vers qui furent faits ſur ce ſujet au commencement de cet Hiuer à l'occaſion d'vn differend, qui naſquit dans vn bal ou quelques gens de ville ſe trouuerent, & dont voicy la coppie.

Retirez-vous d'icy meßieurs les
gens de ville,
Ce n'eſt pas voſtre fait, de nous
faire l'amour

Et si quelqu'vn de vous, en cet art est habille
Il faut qu'il ait apris ce mestier à la Cour.

C'est là que l'on apprend cette delicatesse
Dont vn galand se sert, quand il est amoureux
Et qui pleine d'esprit, ainsi que de tendresse
Fait approuuer ses soins & receuoir ses vœux.

L'amour d'vn courtisan, nous donne de l'estime
C'est vn bon-heur pour nous de l'auoir pour amant.
Que l'on en parle ou non, ie ne void point de crime
Que la gloire à mon sens n'excuse iustement.

Qu'on le prefere donc, puis qu'il eſt preferable
Que des belles par tout il ſoit toûjours aimé;
Enfin qu'il ſoit heureux, autant qu'il eſt aimable
Et qu'on l'eſtime autant qu'il doit eſtre eſtimé.

CLIMENE.

Il eſt vray que ces vers furent trouuez fort galands; mais peut-eſtre ne ſçauez vous pas, que l'on y reſpondit & qu'en y changeant fort peu de choſe, ils ſe trouuérent à l'auentage de ceux contre qui on les auoit faits, & s'il m'en ſouuient, c'eſt à peu pres ainſi qu'ils eſtoient changez.

Ne vous en allez pas, meſſieurs les gens de ville

Il n'appartient qu'à vous, de nous faire l'amour;
Et lors qu'vn courtisan, en cet art est habile
Il ne s'attache pas aux maximes de Cour.

A la ville, on apprend cette delicatesse
Dont vn galand se sert, quand il est amoureux
Et qui pleine d'esprit, ainsi que de tendresse
Fait approuuer ses soins, & receuoir ses vœux.

L'amour qu'il a pour nous, nous donne de l'estime
Ce nous est vn bon-heur, de l'auoir pour amant,
Comme on en parle peu, l'on y void peu de crime
Et la gloire tousiours, l'excuse iustement.

Qu'on le prefere donc, puis qu'il est preferable
Que des belles par tout, il soit toûjours aimé
Enfin qu'il soit heureux, autant qu'il est aimable
Et qu'on l'estime autant qu'il doit estre estimé.

BELISE.

Ces vers quoy que iolis, ne sont pourtant pas capables de faire rien ny pour l'vn ny pour l'autre, & vous deuez tousiours auoüer que la gloire est attachée à la conqueste de mon galand de Cour.

CLIMENE.

Ie vous auoüerois facilement qu'il y a plus de gloire a estre aimée d'vn courtisan, que d'vn homme de robe ſi ie ne connoiſſois point d'autre gloire que celle que le faſte apporte ; mais comme i'en connois vne autre, qui ſi elle a moins de brillant, a auſſi bien plus de ſolide : ne vous eſtonnez pas que ie ſois d'vn ſentiment contraire au voſtre. En effect à en parler iuſte, n'y a-il pas bien de la difference de la gloire qu'apporte la conqueſte d'vn homme, qui n'eſt recommandable que parce qu'il eſt de Cour, à celle que nous receuons de celle d'vn homme de robe, eſtimé de tout le monde, par ſon propre merite. Pour ce qui regarde l'intereſt ? quelle deſpence à voſtre aduis peut faire vn grand Seigneur aupres d'vne femme, ſi ſon bien ſuffit à peine à ſoutenir l'eſclat de ſa maiſon & le train qu'il eſt obligé d'auoir à la ſuitte de nos Rois, & enfin quel plaiſir peut-on attendre de la galanterie d'vn homme, qui se vantera de vos moindres faueurs & dont les actions trop esclattantes vous exposeront a cent mesdisances & vous priueront par la crainte, des plus grandes douceurs que l'amour puisse donner quand il est reciproque.

BELISE.

Si vous ne trouuez point à la Cour, de veritable gloire & si vous y souhaittez les deux autres raisons qui font naistre l'amour, ie desespere que vous les trouuiez ailleurs.

CLIMENE.

Vous n'auez donc pas la connoissance du prix d'vn galand de ville, puisque pour peu que vous examinaſſiez en luy, toutes ces choſes, vous vériez aizément que c'eſt de luy qu'vne femme a lieu de tout attendre, & de tout ſe promettre. Si le motif de la gloire la touche, quelle ſenſibilité ne doit-elle pas auoir, pour celuy dont le pouuoir & la richeſſe la peuuent rendre conſiderable. Si elle cherche l'intereſt & les commoditées de la vie, qui peut mieux qu'vn galand de ville la mettre hors d'eſtat de rien ſouhaitter? luy dont les moindres preſens pourroient faire la fortune des familles entieres. Si c'eſt le plaiſir ſeul qui la flatte, de qui en peut-elle attendre de plus ſolides & de plus grands, que de celuy dont la fortune nous fait voir, qn'il n'eſt né que pour le plaiſir de celle qu'il aime. Ainſi n'eſt-il pas bien iuſte de luy donner lauantage & de le preferer au Courtisan.

BELISE.

Bien que tout ce que vous dites là, pour soutenir vostre party ait assurement beaucoup de fondement, il est neantmoins trop foible pour faire pencher la iustice de vostre costé. Car la gloire dont vous parlez auec toute la solidité, que vous luy donnez ne destruit point celle que la galanterie d'vn Courtisan nous peut donner. Et à dire la chose comme elle est, vous auoüerez vous mesme que si nous tirons nostre plus grande gloire de ce qui nous est le plus cher, vne femme galante, n'ayant rien de plus cher que sa beauté, la plus grande gloire qu'elle puisse receuoir est celle qui luy vient de ce principe, & personne n'a encore diſputé que les ſeruices d'vn homme d'eſpée ne fiſſent plus de bruit, que ceux d'vn homme de robe, & par vne raiſon naturelle, que la beauté ne receut plus d'eſclat & ne fut en plus grande reputation, par les ſeruices du premier, que par ceux du ſecond.

CLIMENE.

Ce que vous aduancez fait naiſtre vne queſtion, dont la fin ne peut eſtre qu'auantageuſe, à l'homme de ville ; mais pourſuiuez.

BELISE.

A l'eſgard dont des deux derniers motifs, l'intereſt & le plaiſir, ie dis que pour ce qui regarde le premier deſlors qu'vne femme n'a que ce but, il luy doit eſtre indifferend

ferend de lier auec l'vn ou auec l'autre. Puis qu'il s'y trouue également & que la femme interessée n'espargnant point son amant elle tirera aussi-bien des presens considerables de l'homme de Cour, que de celuy de ville, parce que ne se souciant pas qu'il se ruine, ny qu'il s'embarasse, pourueu qu'elle vienne à sa fin, elle ne se doit pas mettre en peine, quel est son amant, ce luy doit estre assez qu'il soit liberal, & quand aux plaisirs, le Courtisan a bien plus de facilité de les fournir, que le galand de ville, parce qu'il n'a point d'occupation plus grande que celle de plaire à l'obiect aimé & par là, il est infiniement preferable à l'autre, qui quelque passion qu'il puisse auoir, se partage necessairement entre sa maistresse, & ses affaires, qu'il ne peut abandonner quelque amoureux qu'il ſoit, & qui ne pouuant eſtre entier à elle, ne peut eſtre entier à ſes plaiſirs, & ainſi ne peut eſtre iuſtement preferé.

CLIMENE.

Auant de vous conuaincre du peu de fondement de vos deux dernieres raiſons, il faut decider la queſtion que i'ay laiſſée paſſer. Sçauoir ſi l'eſclat qu'apporte vn homme d'eſpée à vne beauté, luy donne plus de gloire, que celuy qu'apporte vn homme de ville, & pour monſtrer le contraire, il ne faut que conſiderer, que la veritable gloire eſt celle qui nous ſatisfait le plus, que ce qui nous ſatisfoit le plus, eſt ce qui nous donne vne plus parfaite connoiſſance de noſtre propre merite, la plus parfaicte connoiſſance que nous puiſſions auoir de noſtre merite, ne nous peut venir que par celle des conqueſtes que nous faiſons, l'on ne peut iuger de ſes cõqueſtes, que par la difficulté qu'elles font, la difficulté prouue le merite, & le merite fait la gloire. Ces fondemens poſez ne m'auoüerez-vous pas que l'on a bien plus de peine à donner de l'amour à vn homme de robe, qui fait pour l'ordinaire profeſſion d'indifference, qu'a vn plumet, qui fait vanité d'en conter à toutes les belles & dont la conqueſte eſt facile à toutes celles qui ſont d'humeur à l'eſcouter, ſa cõqueſte eſtant plus aisée, la gloire que nous en receuõs en eſt ſãs doute moindre & ne peut l'emporter ſur celle que nous acquerons par la conqueſte d'vn homme de robe. Pour ce qui regarde l'intereſt & le plaiſir, n'eſt-il pas vray que quelque intereſſée qu'vne femme puiſſe eſtre deſlors qu'elle a fait amitié auec quelqu'vn, il luy eſt bien plus doux de venir à bout de ſes deſſeins ſans ruiner ſon amant, que de voir qu'elle ne puiſſe les executer ſans le mettre en eſtat de s'en repentir ; mais quand bien cela ne pourroit rien ſur l'eſprit des femmes ; auſſi toſt que vous aurez conſenty que de tous les obiets qui peuuent les flater, le plaiſir eſt le plus puiſſant, vous verrez bien-toſt que les plaiſirs qu'vn galand de ville donne à ſa maiſtreſſe, ſont bien plus touchans, que ceux que peut donner celuy de Cour, & ſans en faire le deſtail & les conſiderer les vns aprés les autres, dites moy de toutes les choſes de la vie, laquelle ſelon vous, eſt la plus eſtimée de tout le monde ? ſans doute vous me direz que c'eſt la liberté, & quand vous ne voudriez pas l'auoüer, la voix publique vous en conuainc aſſez. Cette verité eſtant generalement receuë d'vn chacun, ie vous demande quelle geſne c'eſt à vne femme d'auoir toûjours ſon galand deuant les yeux, ne m'alleguez pas qu'on ne s'en laſſe iamais, les choſes les plus agreables nous deſgoutent quand elles ſont trop frequentes; le meſpris ſuit les grandes familiaritez, l'indifference ſuit le meſpris, & de l'indifference naiſt la haine, de la haine viennent les diuorces qui ſont en amour les plus grands malheurs & les plus à craindre pour celles qui aiment les plaiſirs. Toutes ces choſes eſtant auſſi vrayes qu'elles le ſont, ne peut on pas aſſurer que le plus grand malheur d'vne femme qui aime ſes plaiſirs, eſt celuy d'auoir vn galand ſans affaires ou vn Courtiſan, qui l'obſede ſans ceſſe, qui en fait vn eſclaue pluſtoſt qu'vne maiſtreſſe; ou au contraire vn homme de ville occuppé par ſes affaires, ne la voyant qu'autant qu'il le faut pour l'aduertir, ne l'embaraſſe iamais, parce que n'ayant pas tout le temps qu'il ſouhaitteroit pour employer aupres d'elle, il s'attache à bien vſer des moments qu'il y paſſe & ne laiſſe perdre aucune occaſion de luy donner quelque diuertiſſement que ſe ſoit, qu'il ne luy donne, dans la crainte qu'il a de ne plus retrouuer le temps qu'il void preſent de l'obliger, ce qui à mon ſens eſt ſi conſiderable, que quand il n'y auroit que cette ſeule raiſon, ie croy qu'il deuroit eſtre infiniement plus eſtimé des Dames qu'vn homme de Cour, qui ſe rend aiſement importun, & ſouuent incommode & inſupportable.

Climene vouloit pourſuiure; mais Cleante prenant la parole l'en empeſcha. Et apres auoir loüé Beliſe, il s'eſtendit ſi fort ſur les loüanges de Climene, qu'ils s'engagerent inſenſiblement dans des galanteries & des fleurettes, qui bien que fort agreables, ſeroient trop longues à vous eſcrire. Durant qu'ils ſe pouſſoient l'vn l'autre par des complimens reciproques; Beliſe m'engagea à prendre ſon party, & quelque deſſein que i'euſſe fait de n'eſtre d'aucun en ce rencontre, ie fus contraint de donner cela à ſon merite, & de m'engager à deffendre les Courtiſans, & pour le farie, ie rompis la conuerſation qui s'eſtoit formée entre Climene & Cleante, leur disant, qu'il n'estoit pas temps de finir vne question de l'importance de celle qui s'estoit faite, entre elle & Belise, que pour moy i'estois prest de deffendre le party qu'elle auoit si galamment soustenu à ces mots Cleante, voulant donner à Climene vne preuue de l'estime qu'il auoit pour elle, respondit que i'entreprenois vne meschante cause, & qu'il se promettoit bien de me faire changer de pensée. Nous eusmes quelques paroles de part & d'autre sur ce sujet, où nos deux belles s'interesserent suiuant ce qu'elles auoient desia dit. Mais tout cela estant confus, nous conuinsmes par l'ordre de celles que nous voulions deffendre, d'examiner la question auec plus de suitte & de methode, & pour plus de facilité pour vous, ie vous escriray ce que nous dismes Cleante &

moy, ſans y adiouſter rien du ſentiment de nos deux belles, c'eſt à dire de la maniere que i'ay fait le dialogue que vous venez de lire.

Comme Climene & Beliſe, auoient deſia fort pouſſé ce ſujet, qu'elles en auoient parlé auec dautant-plus de connoiſſance, qu'en ces ſortes de matieres les femmes ſont elles-meſmes iuges & parties. Nous ne iugeaſmes pas à propos de rebatrre ce qu'elles auoient dit, & nous conuinſmes de ſouſtenir ſeulement cette queſtion par la difference du procedé de ceux que nous voulions deffendre. Ce que Cleante commença comme vous allez voir ; mais s'il vous plaiſt de me connoiſtre par le nom d'Alcippe, car ie ne ſuis plus reſolu de vous parler que ſous ce titre.

DIALOGVE DE CLEANTE ET D'ALCIPE.

CLEANTE.

POur donner quelque iour au sujet desia poussé si loin par nos deux Heroines, il faut que nous considerions le procedé, tant du galand de Cour que celuy de ville. Des galands de Cour, il n'y en peut auoir que d'autant de sortes qu'il y a de differends courtisans ; il est certajn que tous les Courtisans se comprennent sous deux sortes, & que tous ceux qui en ont parlé ne les ont iamais nommez que dissimulez, & emportez.

Les dissimulez sont ceux qui par vn long vsage du monde ont appris le secret d'auoir dans la bouche des paroles toutes contraires à la verité de leurs sentiments. Les autres sont ceux qui font la plus grande foule à la suitte de nos Rois & qui sont de ieunes gens, qui veulent ou faire fortune par l'espée, ou soutenir par elle l'esclat de leurs maisons, & c'est la conduitte de ces deux sortes de personnes, que vous auez à iustifier. Les gens de ville estant en plus grand nombre, i'auray plus de procedez à deffendre, car premierement il y a celuy de l'homme de Iustice, celuy du Financier, & celuy de l homme de Robe.

ALCIPPE.

Et ie croy qu'il vous sera bien

difficile, de prouuer que ces sortes de personnes soient plus dignes d'amour par leurs actions que nos Courtisans. Pour moy ayant desia de mon costé tout l'auantage que peut donner à vn homme la bonté de sa cause, ie n'ay qu'à vous peindre vn Courtisan du premier rang & desia instruict de tout ce que l'on apprend dans le grand liure de la Cour, pour monstrer qu'il doit estre preferé par les Dames, à tout ce que la ville leur peut donner de plus parfait. Figurez-vous donc s'il vous plaist, vn amant de Cour, qui n'ignore rien de ce qu'il doit sçauoir, parfaitement amoureux d'vne belle, & voyez de quelle maniere il sçait menager tout ce qui le peut rendre agreable à ses yeux, que lon ne m'allegue pas qu'il est dissimulé, c'est vne vertu à vn amant, non moins necessaire qu'à vn Courtisan, ce que ie prouueray dans la suitte en descriuant sa façon d'agir.

CLEANTE.

Quoy que ie ne tombe pas d'accord de cette proposition, ie ne laisse pas de la laisser passer, sans la combattre, ne voulant pas retarder la peinture d'vn homme, que i'ay peine à me figurer accomply.

ALCIPPE.

Escoutez & vous sortirez de vostre erreur, c'est vne necessité auant de parler des actions d'vn amant aupres de sa maistresse, de mettre en fait qu'il soit deuenu amoureux de quelque belle, & pour ne point sortir de nostre dessein; il faut necessairement que se ſoit d'vne perſonne, qui n'ait point d'autre but que l'amour de complaiſance ou de galanterie : car c'eſt celuy ſeul dont nous voulons parler. Il faut encore pour n'y rien obmettre que ſe ſoit vne nouuelle amour, parce que lon ne iuge point des choſes que l'habitude nous fait faire. Il eſt meſme beſoin de ſçauoir, ſi elle eſt ſerieuſe ou enioüée. Si c'eſt vne ſerieuſe, nous le verrons melancolique ſerieux, & quelque ſujet de ioye qu'il puiſſe auoir il ſçaura la diſſimuler. Si elle eſt enioüée, la diſſimulation luy ſeruira à cacher ſes chagrins ; mais pour regarder de plus prés ſes actions, il faut le conſiderer en trois temps differends, quand il void ſa maiſtreſſe ſeul à ſeul, quand il la void en compagnie, & quand il en eſt abſent & pour euiter la confuſion, ie le feray amoureux d'vne personne serieuse & melancolique, parce que sans doute son experiance & son aage luy donnent plus de penchant pour celles qui sont de cette humeur que pour les emportées, outre que ce que nous dirons de ses actions auec l'vne, pourra aisement se dire de l'autre. Car tout luy est possible auec son art de bien dissimuler. Pour comprendre dons les agremens qu'vn galand de Cour a dans vne compagnie, où sa maistresse se trouue, il faut considerer tous les aduantages de sa propre personne, qui sont la politesse du langage, l'art de dire les choses d'vne maniere toute particuliere, celuy de joüer adroitement de la prunelle, de railler agreablement, de sçauoir toutes les galanteries nouuelles de la Cour, sçauoir bien faire vn conte, chanter vn air à propos, loüer sa maistresse sans desobliger les autres, auoir de la complaisance pour elle & la luy faire connoistre sans que lon s'en apperçoiue. Voila toutes les qualitez d'vn courtisan du premier rang, qui selon moy sont assez esclatantes pour s'atirer la bien-veillance d'vne Dame, lors qu'il la veut attacher. Mais s'il est si accomply en compagnie? que ne fera-il pas lors qu'il sera seul auec elle; c'est vn courtisan, c'est à dire vn complaisant, vn adroit, qui d'abord sçaura pressentir toutes les inclinations de sa maistresse, & fera croire (par cet art de bien dissimuler) qu'il a les mesmes penchans qu'elle, luy peindra auec vne delicatesse qui ne s'apprend qu'à la Cour, l'auentage qu'il y a d'auoir vne amitié, la necessité de faire vn bon choix, & par son addresse naturelle, il sçaura bien tirer le sentiment de celle qu'il aime touchant les qualitez qu'elle voudroit qu'vn homme eust pour le choisir, auant que de se donner entier à connoistre à elle, & deslors qu'il sçaura ses pensées, vous le verrez conformer si entierement son humeur à la sienne, qu'il est mal aisé qu'elle ne l'aime, & presque impossible. S'il la void encore & qu'il s'apperçoiue qu'il a fait quelques progrés sur son esprit, c'est vn dissimulé, qui ne fait point voir qu'il s'apperçoit que l'on le regarde de bon œil, & qui ne manque pas de tirer droit à son but & ie vous iure que ce ne luy est pas vn petit aduantage d'estre serieux, car il n'est rien à mon sens de plus embarassant pour vne femme, qui est preuenuë de cette estime, que nostre galand ne peut iamais manquer d'acquerir, que lors qu'il la presse sur cette chose, qui ne fait de peine au sexe qu'autant que sa politique l'exige de luy. Ne vous persuadez pas qu'il fasse comme les autres hommes, non il est trop adroit pour ne pas faire pressentir ses desseins & pour ne pas pressentir ceux de celle qu'il aime ; adioutez à cela les agreables peintures qu'il luy fait du plaisir qu'vne femme reçoit d'obliger son amant, les preuues de sa discretion, ses changemens de visage qu'il fait remarquer comme des signes de sa passion selon qu'il le iuge à propos, en vn mot tout ce qu'vn veritable amant peut imaginer capable de se faire aimer. Ce qu'il fait d'vne maniere serieuse a sans contredit bien plus de poids sur vne Dame, que toutes les bagatelles dont les autres ont couſtume de ſe ſeruir. Mais il ſemble que ie me laiſſe emporter aux agremens d'vn ſemblable procedé & qu'il ne me ſouuienne plus que ie dois monſtrer, qu'il n'eſt pas moins aimable abſent que preſent. Ce galand n'aduance pas moins ſes affaires durant l'abſence, que durant la preſence & en quelque lieu qu'il ſoit, quoy qu'il faſſe, il ſçait touſiours par des billets, par des ſoins & par des intrigues, faire croire à ſa maiſtreſſe qu'il ne fait rien que pour l'amour d'elle; qu'il ſouffre en ne la voyant pas, de meſme qu'en la voyant, il n'eſt pas iuſques à ſes gens dont il ne ſe ſerue pour faire croire qu'il n'eſt rien de ſemblable à l'inquietude qu'il a euë durant ſon abſence, en vn mot de tout ce que lon peut faire pour obliger vne maiſtreſſe il n'en obmet rien, ny preſent, ny abſent. Voila ce quo i'auois à dire du procedé de ce genre de galands de Cour, & qui en verité meritent l'amour & le choix des Dames.

Cleante.

Ie ne me ſuis point abuſé dans ma penſée, lors que i'ay dit qu'il ſeroit difficile à Alcippe de faire de ſon courtiſan diſſimulé, vn homme accomply & quelque adreſſe dont il ſe ſoit ſeruy pour pallier les deffauts qui doiuent empeſcher les Dames, de choiſir vn amant de ce genre, ie ſuis perſuadé que mon galand de ville eſtallera des appas qui le rendront aiſement digne de leur eſtime. Mais auant d'en venir à la deſcription de ſon procedé il faut ſçauoir qu'en racontant de quelle maniere il fait les choſes, ie comcomprendray deux ſortes de gens, qui en vſent à peu pres les vns comme les autres, qui ſont les Iuſticiers & les Financiers. Cela eſtant mis en auant ie preſuppoſe, que mon galand a choiſy celle à qui il veut plaire, ie ne diray pas qu'il diſſimule, la diſſimulation à mes yeux eſt vne meſchante qualité pour ſe faire aimer, puis qu'enfin l'amour eſt vn Dieu de paix & qui veut que l'on agiſſe à cœur ouuert. Il faut encore ſe ſouuenir de noſtre queſtion, qui n'eſt pas de voir qui aduance le plus viſte ſes affaires des deux; mais ſeulement lequel merite le mieux d'eſtre preferé. Or c'eſt vne maxime que les femmes doiuent auoir dans le choix d'vn amant, d'en prendre touſiours vn qui n'aime pas le changement. Mais pour retourner à noſtre deſſein, qui eſt de monſtrer aux Dames, les aduantages qu'vn galand de ville leur apporte par ſa conduitte. Ie le conduis chez celle qui aime & fais qu'il prend l'habitude d'y aller le plus ſouuent qu'il peut. Vous tomberez aizement d'accord auec moy, que ce galand par ce qu'il eſt, porte auec luy vn certain poids, qui le fait reſpecter de tous ceux qu'il void, que le reſpect attire & donne vne eſpece de complaiſance d'autant plus aduantageuſe pour luy, qu'il eſt vray que lon cherche ſans peine l'amitié de ceux que lon reſpecte. La preoccupation diſ-je que ſon nom ſeul fait dans l'eſprit de celles qu'il viſite eſt comme vn appas pour elles, il y a ie ne ſçay quel honneur a eſtre eſtimée de ces galands, que lon ne rencontre pas en l'amour des autres, & c'eſt vne choſe ſi connuë de tout le monde, que les vœux des gens de Cour, ſont des vœux qui courent de ruelles en ruelles, qu'il leur eſt bien mal-aiſé de ſe faire croire par le ſecours ſeul de leurs ſerments, vous verrez par ces Stances vn portrait en racourcy d'vn courtiſan, qui vous fera aizement connoiſtre, qui doit eſtre preferé.

Vous qui voulez ioüir, des amoureux plaiſirs;
Fuiez les courtiſans, ils ſont pour vous à craindre.
Ils ont beau deſguiſer, ils ont beau ſe contraindre,
Souuenez-vous touſiours, en voyãt leurs ſoupirs
Que leur premier meſtier, eſt celuy de bien feindre.

Encor qu'en apparence, ils aiment tendrement
Leur amour n'eſt pourtant, que fourbe & qu'artifice;
Il eſt tres-dangereux, de leur eſtre propice,
Qui les flatte ſe perd, & par leuement
Il eſt aizé de voir, qu'ils aiment par caprice.

En vain de la beauté, vous auez les appas
Ils n'aiment pas touſiours, les trais d'vn beau viſage
Vne femme, à la mode, eſt ce qui les engage.
Qu'elle ſoit Belle ou non, ils ne combattent pas
Et le bruit qu'on fait d'elle, eſt tout ſon aduentage.

ouuent

Souuent on les void tous, s'eschap-per à la fois
Des fers d'vne Cloris, pour ceux d'vne Amarante
Leurs soins sont empressez, leur flame est esclattante
Et bien que le caprice, ait seul causé leur choix
Comme il est general, leur flame en est contente.

L'amour qu'ils ont pour vous, est tousiours importun
Leur conqueste auec vous, à plusieurs est commune;
Et comme ils suiuent tous, vne mesme fortune
Vous les possedez tous, ou n'en auez pas vn;
Et le nombre en amour, bien souuent importune.

Leurs ſerments ne ſont donc pas fort croyables & vne parole paſſionnée d'vn homme de ville, acquiert plus de creance, que tous les iurements du plus diſſimulé de la Cour. Comme ce n'eſt pas ſon meſtier de proteſter en tous lieux, il n'a qu'à le faire pour flatter l'eſprit de celle qu'il aime & luy donner de hautes penſées de ſon merite. Ie vous laiſſe à iuger du progrés que font ſur l'eſprit des belles les choſes qui les flattent, par l'eſtime qu'elles ont naturellement d'elles meſmes: c'eſt ce qu'il fait d'vn regard complaiſant, leur faiſant penſer qu'il faut qu'elles ayent des attraits, pour meriter ſon eſtime: (& auſſi ne s'attache-il pas aizement) il ſçait de plus l'art de ſe menager, & au lieu de toutes ces proteſtations que vous faites faire à voſtre courtiſan, de toutes ces fleurettes, de toutes ses complaisances, qui sont les choses les plus solides dont il paye celles qu'il aime. Il vze d'vne ciuilité reglée & sans affectation, s'il parle il se fait escouter, & le silence que l'on luy donne est vn signe de l'approbation qu'il reçoit de tout le monde, on ne se sert point de fierté pour repousser ses attaques, car il n'est iamais importun. S'il dit qu'il aime, c'est sans trop de repetition & dessors que ce mot est lasché, & absent & present, & seul & en compagnie, il ne parle plus, il agist, il ne promet plus, il donne; mais sans faste & comme ses presens quoy que considerables ne sont rien à l'esgal de son pouuoir, il les traitte de bagatelle, & les fait comme en se joüant. Ce que le courtisan ne peut faire qu'il n'en paroisse incommodé, que son train n'en ſoit moindre & qu'il ne ſoit en eſtat de s'en repentir. Pour la diſcretion il l'emporte ſur l'autre. La vanité n'eſt pas ſon partage, elle ne regne pas à la ville, elle regne à la Cour, & le galand pour qui ie demande la preference, eſt ſouuent maiſtre d'vne place, qu'il ſemble encore bien eſloignée des dehors, au lieu qu'vn courtiſan ſe vante bien ſouuent d'en auoir conquis où il n'a pas ſeulement fait la moindre breſche.

ALCIPPE.

Encore que vous n'ayez rien dit d'aſſez fort pour deſrober l'auentage à mon courtiſan diſſimulé, & qu'il ſoit certain que l'humeur complaiſante, qu'on ne luy peut oſter, ſoit en effect ce qui prend dauentage de cœurs & qui plaiſt le plus aux Dames. Ie ne laisse pas de laisser toutes choses à part, pour vous mettre deuant les yeux le procedé de mon courtisan emporté. Ie vous auoüe que ce titre semble d'abord diminuer quelque chose de l'estime que ie veux luy acquerir aupres de cet aimable sexe, dont tous les hommes briguent la faueur. Mais ce n'est pas vne nouueauté de voir des noms trompeurs, & comme souuent les plus specieux cachent les plus meschantes choses, il arriue souuent que les plus belles le sont aussi sous des noms ambigus. C'est ce qui arriue en la personne de nos courtisans. On les nomme emportez & c'est en amour vne necessité indispensable d'auoir de l'emportement, sur tout lors que l'on est dans cet âge où l'ardeur est la maistresse, où le sang regne auec empire & où l'on n'a que de grands mouuemens ; c'est dis-je en cet âge où l'on semble n'estre né que pour aimer, où tout parle en nous d'amour & où l'on ne peut s'empescher d'en auoir. Neantmoins comme mon dessein n'est pas de prouuer, que c'est le deuoir d'vn courtisan de faire vne maistresse, & que ie veux seulement dire ce qu'il fait quand ses yeux luy en ont donnè vne, & d'examiner si ses actions sont dignes en effect de luy plaire & d'attirer le choix de cet aimable sexe, lors qu'il se resout à aimer. (ce qui ne luy est pas difficile) Supposez donc tout ce que lon doit supposer en pareil rencontre & cela fait, voyez mon ieune courtisan faire l'amour ; son adiustement n'est pas vn mediocre charme, il orne sa personne, il releue sa mine, & donne à connoiſtre ſa condition. C'eſt vne harangue muette pour luy qui parle de ſa nobleſſe, qui conte ſa brauoüre, qui dit toutes les belles qualitez de ſon corps & qui en deſrobe à la connoiſſance les plus grands deffauts. Vne Dame ne ſe deffend point à ſa veuë & elle iuſtifie du moins en cela ſon choix, que ſi les autres parties ne ſont pas accomplies il a toûjours celles qui ſont neceſſaires pour contenter la veuë & puis que lon ne doute point que l'amour ne ſe prenne par les yeux? que ne doit dõc pas atendre d'elles, celuy qui ſatisfait leurs regards; mais ce n'eſt pas aſſez pour luy de plaire à l'abord, il faut que ſon eſprit ſoutienne l'auentage de ſon corps, que ſes actions plaiſent auſſi bien que luy, qu'il ſatisfaſſe l'oreille auſſi-bien que les yeux, qu'il touche le cœur, comme il flatte la veuë, en vn mot, qu'il donne autant que sa presence a promis ; pour l'oreille elle sera sans doute contente de luy qui naturellement est poly & ciuil , ses actions plairont asseurement, puis qu'il ne fera rien que d'vne maniere obligeante & desgagée , & ce qu'il y meslera d'emportement seruira d'vne preuue plus conuainquante de sa passion & l'approchera plus pres du cœur. C'est là l'vnique dessein de nostre galand emporté & pour en venir à bout, il n'espargne quoy que se soit, il donne le bal à propos, la Comedie dans la saison , la pourmenade en son temps , le cadeau suit tousiours ces sortes de diuertissemens; il est agreable en tous lieux, en tout temps ; car outre qu'il est complaisant , il est enjoüé & cede à son emportement , ce qui ſied touſiours bien à vn ieune homme lors qu'il aime. Il fait plus, il intereſſe meſme celles à qui il n'en conte pas, & il arriue rarement qu'il ſoit mal auec pas vne des perſonnes qui ont habitude auec ſa maiſtreſſe, voila de grandes parties pour plaire, me dira-on; mais tout cela n'eſt rien, s'il ne les peut ſoutenir par la deſpence. Voila tout ce que l'on peut alleguer contre luy, & il me ſemble qu'il n'eſt pas hors de ſuiet de vous dire ce qu'vn galand de ce genre eſcriuit vn iour à vne Dame qui faiſoit la cruelle, & qui pourtant ſouffroit les ſoins d'vn Financier, quoy qu'il n'euſt aucune qualité conſiderable que le bien.

Pensez-vous m'abuser d'vne apparence vaine?
Affectant à mes yeux, le titre d'in-
humaine
Pensez-vous m'esbloüir? me con-
tant comme vn bien
Ces communes faueurs, que l'on obtient sans peine
Ces bontez, ces souhaits, qui ne pro-
duisent rien.

Pensez-vous me prouuer? qu'il n'est
rien qui vous touche
Souffrant auec plaisir, qu'on vous
nomme farouche.
Il suffit de vous voir, pour en iuger
bien mieux
Et quoy que la rigueur regne dans
vostre bouche
I'en veux croire pourtant, ce qu'en
disent vos yeux.

Ces yeux estincelaus, où lon void trop de flame
Descouurent malgré vous, les secrets de vostreme: a
Vos desirs sont cachez, ils les mettent au iour;
Mais quand ils se tairoient, PHILIS vous estes femme
Et lon n'en trouue plus d'insensible à l'amour.

Ce Dieu par cent moyens, sçait vaincre les rebelles
Par le faste il combat, la froideur des plus belles;
Ce charme pour leurs cœurs, a des appas presens
Et quand la vanité ne peut rien aupres d'elles
Il vse du pouuoir, qu'il a dessus les sens.

Si ce pouuoir est vain contre leur resistance
Il a recours alors, à la toute puissance,
Il emprunte de l'or, l'esclat & les appas
Contre de tels attraits, il n'est plus de deffence
Auec que ce secours, il peut tout i y bas.

S'il est ainsi PHILIS, que l'or ait tant d'empire
Vous aimerez bien-tost, pour vous Damon soupire
Cet amant est mal fait, il a l'esprit brutal.
Mais il fait des presens, & c'est assez pour dire.
Que qui cherit l'argent, aimera ce cheual.

Par ce que ie viens de vous dire vous pouuez iuger ſi le bien eſt la principalle partie d'vn galand, ce n'eſt pas qu'auſſi toſt que lon dira qu'il eſt ieune, lon ne diſe aſſez que les preſents ne luy couſtent rien & que loins d'eſuiter les occaſions d'en donner, il ſçait courir au deuant, il a beau deſpencer, ſa naiſſance authoriſe ce qu'il fait & ſa deſpence, eſt touſiours moindre que ſes eſperances. Outre que ſans doute vne femme, qui fait amitié auec cette ſorte de courtiſan, s'atache à vne fortune, qui peut deuenir eſclattante & qui diminuë rarement; adiouſtez à cela que le motif d'intereſt eſt celuy qui peut le moins ſur les femmes, les plus aimables & dont le choix eſtant le plus aduantageux, laiſſe à noſtre courtiſan tout l'honneur de leur ſuffrages. A l'égard des deux autres motifs qui leur font prendre de l'amour & choisir des amants; il faut aduoüer qu'il les remplist mieux qu'aucun autre, outre que l'experience nous fait voir qu'il ne fait pas moins du costé de l'interest, puis qu'il est constamment vray qu'il donne autant que pas vn des autres dont nous auons parlé, ce qui se prouue par son titre d'emporté, qu'il n'a pas moins par ce qu'il est prodigue, que par ce qu'il aime auec emportement, & que pour obtenir l'estime des Dames il se neglige luy-mesme, & fait autant que le Financier, excepté qu'il en est quelquefois plus incommodé, que luy qui en a tousiours de reste, & qui se considerant preferablement à toute autre chose, ne doit pas estre preferé à celuy qui ne considere que ce qu'il aime.

CLEANTE.

Bien que la peinture du Courtiſan emporté, qu'Alcippe vient de faire, ſemble d'eterminer les Dames à aimer des galands de ce genre & que dans ſa bouche, ils ſoient ſans doute tout à fait aimables ie ne laiſſe pas d'eſtre conuaincu, qu'il me ſuffit de deſcrire le procedé de mon galand de robe, pour faire voir aux belles les inconueniens qu'elles courent en les choiſiſſant, & la iuſtice qu'il y a de leur preferer ceux de robe. Et à dire le vray la difference que l'on doit faire entr'eux, eſt ſi conſiderable, qu'il eſt impoſſible de n'eſtre pas de leur coſté: car autant que la douceur a plus de ſimpathie auec l'amour, que l'emportement, autant qu'elle eſt preferable au trouble,autant ont ils d'auentages ſur les courtiſans emportez. Ie ſçay bien que l'amour a des emportemens; mais ils ſont tendres & ſont rarement le partage de ceux qu'Alcippe vient de deffendre. Il les fait emportez, mais quoy qu'il faſſe pour iuſtifier leur emportement, il eſt certain qu'il eſt plus ſouuent fils de la vanité, que de l'amour, que l'eſtime qu'ils ont de leur merite en eſt la cauſe & non pas celle qu'ils font de leurs maitreſſes, il les fait propres, leſtes, & leur donne tous les agrements du corps; mais il a beau faire l'ignorant, il ſçait bien que ſes agrémens & cette beauté, les rend plus ſouuent amoureux d'eux-meſmes que des autres, & qu'ils preferent pour l'ordinaire le ſoin de leur adiuſtement à celuy de celles qu'ils aiment. Cependant contre ce maxime receüe de tous ceux qui ont parlé de l'amour, auec la connoissance que l'vsage en peut donner, qui ont tous dit, *que l'on ne pouuoit estre fortement amoureux quand lon s'aimoit soy-mesme, & qu'il falloit plus attendre de son amour que de son merite*, il ne laisse pas de vouloir que lon donne le prix à des gens qui attendent tousiours tout de leur merite, bien que pour l'ordinaire il soit mediocre, & iamais rien de leur amour; ce qui est fondé en eux par la connoissance qu'ils en ont; car ils sçauent que leur amour est vn feu follet, qui luit souuent bien plus qu'il ne brusle, qui esclaire; mais en passant, & qui n'a pas si tost esté à son but, qu'il se lasse & cherche vn autre obiect, ainsi l'on peut donner cet aduis aux Dames,

Lors qu'à vos pieds vn Courtiſan ſoupire,
Que par ſes yeux, il conte ſon tourment
Qu'il dit qu'aucun dans l'amoureux empire,
Ne vous aima iamais ſi tendrement;
Ne croyez rien, de tout ce qu'il peut dire,
Car des ſermens d'vn ſi volage amant
Autant en emporte le vent.

Nos gens de robe ne ſont pas ſi legers, on ne les ſouffle pas ainſi. Leur procedé a plus de ſolide, ſe ſont des gens de poids, qui ſçauent les belles choſes & qui dans le fonds n'ignorant rien de ce qui peut faire aimer, le mettent en pratique: la douceur eſt leur partage, ils en ont dans les yeux, leurs actions & leurs paroles en ſont plaines, & cette modeſtie qui leur eſt inſeparablement attachée, eſt vn preiugé aduantageux de leur moderation. Quoy de la moderation en amour me dira quelqu'vn, ha ce n'eſt pas la couſtume ! Non non ne vous abuſez pas, cette qualité ne repugne point, elle n'a rien de contraire à la veritable galanterie. Ce que ie fais voir par la façon d'agir de mon galand de robe. Il ne faut pas l'introduire comme les autres ; chez celle dont il eſt amoureux, il en ſera ſouhaitté auant que d'en eſtre connu, il n'a que faire de confidente, ce n'eſt pas vn homme à en faire, ſa reputation luy ſert pour l'eſtablir par aduance chez celle à qui il veut offrir ſes vœux. Il n'a qu'à ſe trouuer dans vne compagnie où elle ſoit pour lier auec elle & pour faire des ialouſes, on le cherche, parce qu'il ne va iamais au deuant de perſonne. Pardonnez-moy trop aimable ſexe, ſi i'auance cette propoſition & ſi ie dis que vous auez du penchant pour tout ce qui vous paroiſt difficile, & qu'vne conqueſte qui vous a couſté quelque complaiſance, vous eſt touſiours plus chere qu'vne qui ne vous couſte qu'vn regard. Son eſprit le fait donc chercher & en tous les lieux où il ſe rencontre, c'eſt vn aduantage d'auoir conuerſation auec luy; on en veut eſtre à quelque prix que ce ſoit, afin de paſſer pour ſpirituelle & ce qu'vn galand de ce genre dit d'vne femme eſt ſuffiſant pour la faire eſtimer. Il a meſme ce bon heur, que paſſant pour accomply, il donne de l'eſtime à ce qu'il aime, & qu'il porte quelquefois le merite où il n'est pas, faisant considerer ceux qui n'estoient que dans vne mediocre estime· Il trouue sans peine l'entrée libre dans les lieux dont l'accés est le plus difficile, mais il est delicat & ne se donne pas à toutes celles qui luy donnent beau; il veut choisir auant de se prendre, & ce choix mesme est souuent fait il y a long temps, quand celle qu'il adore vient à le connoistre, il sçait pourtant bien s'exprimer & quand il veut, il ne manque point de moyens pour faire penser ce qu'il ne veut pas declarer; mais deslors qu'il void qu'il est venu à bout de faire sçauoir qu'il aime par les marques d'estime, qu'il en a données, & qui venant de luy, sont tousiours conuainquantes, estant tousiours grandes & plaine d'esprit. Il ſe ſert à propos de cette connoiſſance & comme il s'eſt deſcouuert ſans parler, il ne riſque iamais ſa declaration que lors qu'il ſçait que lon en ſera bien aiſe, & prouuant par le ſecret qu'il a fait de ſa propre paſſion, combien il eſt capable de taire ce qu'il faut cacher, il attire vne bien veillance dautant plus parfaitte qu'elle eſt exempte de toute crainte. Car d'vn coſté eſtant aſſeurée de ſa diſcretion, elle n'apprehende pas qu'il conte ſes faueurs & d'autre part ſa moderation & ſon eſprit ſoutiennent les apparences & oſtent à tout le monde la connoiſſance de ſon amour; ainſi deſlors qu'il a formé vne intelligence reciproque entre celle qu'il aime, & luy, il l'accouſtume inſenſiblemẽt à receuoir de ſes lettres & à luy faire reſponce; à ces lettres, *il* adiouſte la galanterie des vers. C'eſt en ce langage qu'il exprime dautant mieux ſa paſſion, que ce langage eſt deſia paſſionné & amoureux de luy-meſme ? c'eſt diſ-je en ce langage qu'il trace les trais de celle qu'il aime d'vne maniere à donner de l'amour aux plus indifferentes ; mais c'eſt peu pour luy de bien loüer ſa maiſtreſſe, s'il ne luy peint agreablement ſon amour. Que c'eſt vn art bien charmant de demander tout ſans s'expoſer à la honte du refus, & c'eſt ce qu'il fait agreablement par le ſecours de ſa veine, puis que par vne peinture naiue de ſes peines, par vne deſcription des plaiſirs de l'amour, il touche ſouuent le cœur de celle à qui il eſcrit, ce qui ne ſe faiſant que ſous des noms empruntez ne la faſche iamais. Ainſi elle n'eſt point importunée de tout ce que les autres amans font pour obtenir la pitié de leurs maistresses, au lieu de l'embarasser, il la diuertist & obtient souuent de celle qu'il aime ce qu'il ne luy a demandé que sous le nom de Cloris & de Siluie. Mais peut-estre qu'à m'entendre parler de sa façon d'escrire, vous vous imaginez que ie veux qu'il doiue tout son merite à sa plume, non il n'en va pas ainsi & s'il satisfait les Dames du costé de l'esprit, il ne les contente pas moins à l'esgard des autres choses, & n'est pas moins capable de remplir l'attente d'vne belle ambitieuse, que d'vne belle enjoüée ou pour parler plus clairement; il donne esgallement des presens de la gloire & du plaisir, pour la gloire i'ay suffisamment monstré qu'il en donne à ses amies. Ie n'ay plus qu'à faire voir

voir qu'il fournit auſſi-bien aux plaiſirs qu'à l'ambition ; mais s'il ſçait meſme ſe plaindre auec agrement, que ne fera-il pas quand il s'agira de diuertir tout a fait. Ie ne parle point icy des plaiſirs empruntez & eſtrangers , dont l'argent eſt le maiſtre , qu'il peut donner plus aizément que perſonne. Mais ſeulement de ceux qu'il donne de luy-meſme , & de ce que ſon eſprit luy fait inuenter en chaque occaſion , pour diuertir agreablement ſa maiſtreſſe. Pour des preſens il eſt plus puiſſant qu'aucun autre & en fait de plus conſiderables en ce que n'ayant ny embaras d'affaires, ny neceſſité de paroiſtre auec eſclat & eſtant d'ailleurs fort riche ; il fait tout ce qu'il veut & paſſe ſouuent l'eſperance des plus intereſſées. Mais comme dans l'amour ce qui doit eſtre le plus consideré & ce qui est le plus considerable pour les Dames, c'est la discretion, & que pour le choix d'vn amant, cette partie est la plus essentielle, que mon courtisan de robe la possede necessairement, il n'y a point de doute qu'il né soit preferable à ceux de Cour de l'vn & de l'autre genre; Puis que non seulement il possede cette partie pardessus eux, mais qu'il a encore les deux autres, & qu'en vn mot il a du merite, de l'esprit, du secret & du bien; mais si ie ne vous ay pas bien descrit toutes ses qualitez en prose, ces vers vous l'expliqueront peut estre mieux.

C'est icy des amans le plus parfait modelle,
Il est tousiours esgal, tousiours il est fidelle,